A memória do mar

A memória do mar

Khaled Hosseini

Tradução: Pedro Bial

GLOBOLIVROS

Meu querido Marwan,
nos longos verões da infância,
quando eu era um menino da sua idade,
seus tios e eu espalhávamos
colchões pelo telhado
da casa de fazenda do seu avô,
nos arredores de Homs.

A gente acordava de manhã cedo
com o farfalhar da brisa nas oliveiras,
os berros da cabra de sua avó,
o tilintar das suas panelas,
o ar fresco e o sol,
um risco pálido cor de caqui ao leste.

A gente levou você até lá quando era pequeno.

No fundo do meu coração, guardo uma memória daquela viagem,
de sua mãe mostrando para você um rebanho de vacas pastando no campo repleto de flores silvestres.

Quem dera você não fosse tão novinho.
Você não teria esquecido da casa de fazenda,
da fuligem em suas paredes de pedra,
do riacho onde seus tios e eu construímos mil
represas de meninos.

Quem dera você lembrasse de Homs como eu lembro, Marwan.

De sua Cidade Velha fervilhante,
de uma mesquita para os muçulmanos,
uma igreja para nossos vizinhos cristãos
e um grande mercado para todos nós
pechincharmos pingentes de ouro,
alimentos frescos e vestidos de noiva.

Quem dera você lembrasse
das ruas lotadas cheirando a quibe frito
e das caminhadas noturnas que fazíamos
com sua mãe
em volta da Praça da Torre do Relógio.

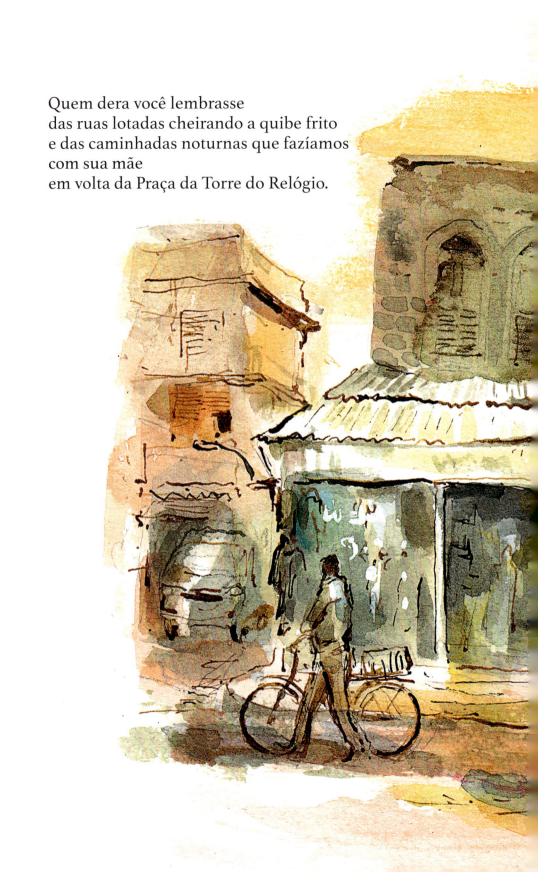

Mas aquela vida, aquela época,
parece um sonho agora,
até para mim,
um murmúrio
que há muito tempo se dissipou.

Primeiro vieram os protestos.
Depois o cerco.

Os céus que cuspiam bombas.
Fome.
Enterros.

Essas são as coisas que você conhece.

Você sabe que a cratera feita por uma bomba
pode virar uma piscininha.
Você aprendeu
que o sangue escuro é melhor sinal
que o sangue que ainda brilha.

Você aprendeu a encontrar mães,
irmãs e colegas de escola,
em vãos estreitos entre o concreto,
tijolos e vigas expostas,
pequenos retalhos de pele banhados pelo sol,
brilhando no escuro.

Sua mãe está aqui com a gente esta noite, Marwan,
nesta praia fria e enluarada,
entre os bebês que choram e
as mulheres que lamentam
em línguas que não falamos.
Afegãos, somalis, iraquianos,
eritreus e sírios.
Todos nós ansiosos pelo nascer do sol,
todos nós com medo desse mesmo momento.
Todos nós à procura de um lar.

Ouvi dizer que somos indesejados.
Que não somos bem-vindos.
Que deveríamos levar nosso infortúnio à outra parte.

Mas ouço a voz de sua mãe,
por cima da maré,
e ela sussurra em meu ouvido:
"Ah, mas se eles pudessem ver, meu amor,
só a metade do que vocês viram.
Se eles simplesmente pudessem ver.
Com certeza diriam coisas mais gentis".

Olho para o seu perfil
ao brilho dessa lua crescente,
meu menino,
seus cílios como uma caligrafia,
fechados em um sono inocente.
Eu disse a você:

"Segure minha mão.
Nada de mal vai acontecer".

São só palavras.
Truques paternos.
Que destroem o seu pai,
a fé que você tem nele.
Porque tudo o que posso pensar esta noite é
em como o mar é profundo,
como é grande, como é indiferente.
Como sou impotente para proteger você de suas ondas.

Tudo o que posso fazer é rezar.

Rezar para que Deus bem conduza o barco,
quando a costa se perder de vista
e nós formos só um cisco
nas altas águas, rodando e afundando,
facilmente engolidos.

Porque você,
você é uma carga preciosa, Marwan,
a mais preciosa que já existiu.

Rezo para que o mar saiba disso.
Oxalá.

Como eu rezo para que o mar saiba disso.

A memória do mar *foi inspirado na história de Alan Kurdi, o refugiado sírio de três anos de idade que se afogou no mar Mediterrâneo quando tentava chegar à segurança da Europa.*

No ano seguinte à morte de Alan, outras 4.176 pessoas morreram ou desapareceram ao tentar fazer a mesma viagem. O número de mortes no mar continua a subir.

O autor

Khaled em visita a um campo de refugiados da UNHCR.

Khaled Hosseini é um dos romancistas mais lidos de todo o mundo, com mais de 40 milhões de exemplares de seus livros vendidos. Nasceu em Cabul, filho de uma professora e um diplomata, e, por isso, mudou-se muitas vezes para outros países quando criança. Até que, em 1980, quando a família se preparava para retornar à capital do Afeganistão, o país sofreu um golpe de Estado e Khaled foi mandado ao exílio nos Estados Unidos, onde vive até hoje.

Também autor dos best-sellers *O caçador de pipas*, *O silêncio das montanhas* e *A cidade do sol*, Khaled tem seus livros publicados em mais de setenta países. Foi nomeado Embaixador da Boa Vontade da Agência de Refugiados das Nações Unidas (UNHCR), a agência de refugiados da ONU, em 2006. Inspirado por uma viagem que fez ao Afeganistão com o órgão, criou a Fundação Khaled Hosseini, uma instituição sem fins lucrativos que oferece assistência humanitária aos afegãos.

O tradutor

Pedro Bial nasceu no Rio de Janeiro, filho de Peter e Susanne, refugiados alemães que se conheceram no Brasil. Seu pai veio para o Brasil na última viagem do último navio que fez a travessia transatlântica durante a Segunda Guerra Mundial, em março de 1940.

Há quase quarenta anos Pedro é um homem de televisão, jornalista, escritor e realizador de filmes. Ele atualmente vive em São Paulo e tem quatro filhos, com idades que variam de um a trinta e um anos.

O ilustrador

Dan Williams vive no norte de Londres e foi responsável pelas ilustrações de um trecho de *A cidade do sol* publicado no jornal *The Guardian* logo que o livro foi lançado, em 2003. Em 25 anos de carreira, ele já foi colaborador de veículos como *National Geographic*, *Rolling Stone* e *The Wall Street Journal*, entre outros.

Dan também atua como professor de cursos de arte e design em diversas universidades mundo afora. Entre 2007 e 2011, foi coordenador do curso de Ilustração da Escola de Artes de Glasgow.

O entusiasmo por paisagens, muitas vezes rascunhadas *in loco*, é extremamente importante em sua criação artística. Boa parte de sua inspiração vem de pessoas e lugares que conheceu ao redor do globo. Nos últimos anos, Dan realizou diversas exposições individuais nas mais importantes galerias do Reino Unido. Ele também comercializa suas telas e desenhos para colecionadores particulares.

Para saber mais sobre o autor e o trabalho da Fundação Khaled Hosseini visite:

www.khaledhosseini.com

www.khaledhosseinifoundation.org

www.unhcr.org/khaled-hosseini

Parte dos recursos angariados com a venda de **A memória do mar** *será revertida para a Fundação Khaled Hosseini e para a unhcr, a Agência de Refugiados das Nações Unidas.*

Para conhecer o trabalho da Unhcr no Brasil e no mundo, e fazer a sua doação, visite:

www.acnur.org/portugues

Conheça os outros livros do autor:

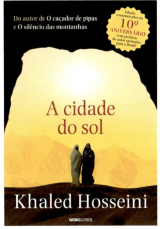

www.globolivros.com.br

Copyright © 2018 by Editora Globo S.A. para a presente edição
Copyright © 2018 The Khaled Hosseini Foundation para o texto
Copyright © 2018 Dan Williams para as ilustrações

Publicado em acordo com The Khaled Hosseini Foundation
e Bloomsbury Publishing PLC.

Todos os direitos reservados. Nenhuma parte desta edição pode ser utilizada ou reproduzida — em qualquer meio ou forma, seja mecânico ou eletrônico, fotocópia, gravação etc. — nem apropriada ou estocada em sistema de banco de dados sem a expressa autorização da editora.

Texto fixado conforme as regras do Acordo Ortográfico da Língua Portuguesa
(Decreto Legislativo nº 54, de 1995).

Título original: *Sea Prayer*

Editora responsável: Amanda Orlando
Assistente editorial: Lara Berruezo
Revisão: Erika Nogueira e Luisa Tieppo
Adaptação de projeto gráfico e diagramação: Ilustrarte Design
Capa: Sandra Zellmer

1ª edição, 2018

CIP-BRASIL. CATALOGAÇÃO NA PUBLICAÇÃO
SINDICATO NACIONAL DOS EDITORES DE LIVROS, RJ

H838m

Hosseini, Khaled
 A memória do mar / Khaled Hosseini ; tradução Pedro Bial. - 1. ed. - Rio de Janeiro: Globo Livros, 2018.
 64 p. : il. ; 23 cm.

Tradução de: Sea prayer

ISBN 9788525066749

1. Poesia afegã. I. Bial, Pedro. II. Título.

18-51431
CDD: 895.91
CDU: 82-1(581)

Direitos exclusivos de edição em língua portuguesa para o Brasil
adquiridos por
Editora Globo S.A.
Rua Marquês de Pombal, 25 — 20230-240 — Rio de Janeiro — RJ
www.globolivros.com.br

Este livro, composto nas fontes Athelas e Sandbrush, foi impresso em papel couché fosco 150 g/m², na gráfica Ipsis, Rio de Janeiro, agosto de 2018.